Dietmar Bittrich

Die Weihnachtsgeschichte der Gummibärchen

SERIE PIPER

Zu diesem Buch

Was haben Gummibärchen mit der christlichen Weihnachtsgeschichte zu tun? Sehr viel, insbesondere, wenn es sich um Marienbärchen, Josefsbärchen und um das königliche Bärchenkind handelt. Dietmar Bittrich verwandelt das Ereignis im heiligen Stall in Bethlehem zu einem Märchen vom Josefsbärchen und dem Marienbärchen, den Engelbärchen und den heiligen drei Bärchen aus dem Morgenland: Das Marienbärchen und das Josefsbärchen müssen sich aufmachen in die große Stadt, denn alle Bärchen sollen gezählt werden. Da hilft es nichts, dass das Marienbärchen schwanger ist, der Esel nicht gut tragen kann und das Josefsbärchen vergessen hat, rechtzeitig ein Hotel zu buchen. Sie müssen los. Und sie erleben Abenteuer. Eine zauberhafte Geschichte aus der Feder des Bestseller-Autors des »Gummibärchen-Orakels«.

Dietmar Bittrich, geboren 1958 in Triest, veröffentlichte nach zwanzig Jahren intensiver Forschung über das Wesen und die Bedeutung der Gummibärchen 1996 das ultimative Werk »Das Gummibärchen-Orakel«. Es wurde sofort zum Standardwerk.

Dietmar Bittrich

Die Weihnachtsgeschichte der Gummibärchen

Mit farbigen Illustrationen von
Anneke Larsmeyer und Sascha Teßmann

Piper München Zürich

Von Dietmar Bittrich liegen in der Serie Piper vor:
Dann fahr doch gleich nach Hause! (3942)
Die Weihnachtsgeschichte der Gummibärchen (3975)

Ungekürzte Taschenbuchausgabe
Piper Verlag GmbH, München
Oktober 2003

Umschlag/Bildredaktion: Büro Hamburg
Isabel Bünermann, Julia Martinez/
Charlotte Wippermann, Kathrin Hilse
Umschlagabbildung: Anneke Larsmeyer/Sascha Teßmann
Foto Umschlagrückseite: Wolfgang Wilde
Satz: Pendragon Verlag, Bielefeld
Druck und Bindung: Clausen & Bosse, Leck
Printed in Germany ISBN 3-492-23975-7

www.piper.de

In den alten Zeiten, als das Wünschen noch geholfen hat, lebten die Gummibärchen auf der Erde. Einige wohnten auf dem Land in kleinen Hütten, andere in großen Palästen, wieder andere in Häusern in der Stadt.

In einem bescheidenen Häuschen am Rande einer kleinen Stadt lebten das Marienbärchen und das Josefsbärchen. Sie waren ein Ehepaar. Das Josefsbärchen war Tischler von Beruf und hobelte und sägte und polierte den ganzen Tag in seiner Werkstatt, um feine Tische und Stühle und Schränke zu bauen für liebe Gummibärchen.

An einem Vormittag im Frühling geschah etwas Seltsames. Das Marienbärchen saß gerade ganz allein im Schaukelstuhl und nähte ein Band für einen neuen Bärchenhut.

Da ging plötzlich das Fenster auf. Ganz von allein. Und siehe da, auf einem Lichtstrahl schwebte ein Engelbärchen herein. Jawohl, ein richtiges Engelbärchen. Mit echten Flügeln und einem hell leuchtenden Heiligenschein. Es schwebte herein und stellte sich vor das Marienbärchen.

„Gegrüßet seist du, Holdselige", sprach das Engelbärchen. „Der Herr ist mit dir, du bist die Gebenedeite unter den Weibern."

„Wie bitte?", fragte das Marienbärchen erschrocken. „Was bin ich?"

„Fürchte dich nicht", sagte das Engelbärchen. „Du hast Gnade bei Gott gefunden. Denn siehe, du, ja genau, du, das Marien-

bärchen, du wirst schwanger werden und wirst ein göttliches Bärchenkind gebären, ein Gummibärchen so zart und fein, das soll der König aller Bärchen sein. Ja. Also, das war mein Spruch. Auf Wiedersehen."

„Aber Augenblick mal!", rief das Marienbärchen. Doch das Engelbärchen winkte nur hold lächelnd und schwebte schon auf seinem Lichtstrahl davon. Wie durch Zauberhand schloss sich hinter ihm das Fenster. Und das Marienbärchen blieb allein zurück mit dieser sonderbaren Botschaft: dass ein göttliches Bärchenkind auf die Welt kommen sollte, und dass ausgerechnet das Marienbärchen die Mutter sein sollte. Und das Josefsbärchen, naja, das sollte sich wohl auch darüber freuen.

Der Sommer kam mit Schwalben und Tretbootfahren und Erdbeereis. Der Herbst

kam voller gelber Birnen und Drachen im Wind und raschelndem Laub. Und nun hatte das Marienbärchen schon einen ziemlich runden Bauch. Das Josefsbärchen hobelte und sägte und polierte und kämmte seinen Bart und freute sich.

Neun Monate waren vergangen. Da kam der König des Landes, der grimmige alte Herrscherbär, auf einen Einfall: Alle Gummibärchen müssten unbedingt gezählt werden. Denn einige Bärchen hatten damals durchsichtige Tüten gebaut und waren hineingeklettert in diese Tüten und waren dann frohgemut damit in ferne Länder gereist. Das gefiel dem grimmigen alten Herrscherbären nicht. Und er wollte unbedingt wissen, wie viele Bärchen noch da waren, damit er sie festhalten konnte, als Untertanen in seinem Reich.

Deshalb sollten die Bärchen sich zählen lassen. Alle mussten sich beim Amt für Bärchenzählungen melden. Auch das Josefsbärchen und das Marienbärchen.

Das Marienbärchen war um diese Zeit schon so schwanger, dass alle Nachbarn sagten: Oh je, jeden Moment kann das Bärchenkind kommen! Aber das half nichts. Das Josefsbärchen und das Marienbärchen mussten ihre Zahnbürsten einpacken und Proviant und mussten ihr Häuschen abschließen und auf die Reise gehen in jene Stadt, in der sich das Amt für Bärchenzählungen befand.

Das Josefsbärchen holte also den grauen Esel aus der Garage, denn Autos gab es damals noch nicht, und legte dem Esel eine Häkeldecke auf den Rücken. Und dann hob das Josefsbärchen das Marienbärchen auf den Esel. Das Marienbärchen war ganz schön schwer mit dem Bärchenkind im Bauch, so dass der Esel dachte: Hoffentlich steigt sie zwischendurch auch mal ab.

Aber er trug sie. Und so wanderten sie los. Aus dem Städtchen hinaus und auf die Landstraße und durch die Felder, die jetzt alle brach lagen, weil es ja Winter war. Dann am Fluss entlang, an dem das Josefsbärchen im Sommer geangelt hatte. Und um den See herum, auf dem sie Tretboot gefahren waren. Und an der Eisbude vorbei, die jetzt geschlossen war. Und danach durch den großen dunklen Wald, wo tiefe Stille herrschte, weil es den Vögeln zu kalt war zum Singen, und wo die Eichhörnchen zusammengekuschelt schliefen. Schließlich kamen sie über die sieben Hügel, auf deren Spitzen nun Schnee lag. Und dann endlich sahen sie die

Dächer der Stadt, in der sie geheiratet hatten und wo sie sich jetzt wieder melden sollten, weil sie ja gezählt werden sollten wie alle Bärchen im ganzen Bärchenland.

Je näher sie der Stadt kamen, desto mehr andere Bärchen trafen sie. Rote Bärchen, gelbe Bärchen, orange, grüne, weiße Bärchen, Bärchen von überall her. Alle strömten durch das Stadttor und wollten unbedingt gezählt werden. Auf den Straßen war es so voll, dass sie beinahe aneinander festklebten. Alle redeten durcheinander, und der Esel musste ziemlich laut „I–A“ schreien, um durchzukommen.

„Josef, lieber Josef mein“, sagte das Marienbärchen.

„Ja, Marienbärchen?“, fragte Josef.

„Es könnte bald, schon bald so weit

sein“, sagte das Marienbärchen. „Ich merke es. Das Bärchenkind – ich glaube, es wird noch heute geboren!“

„Wie schön!“, rief das Josefsbärchen. „Dann nehmen wir uns am besten sofort ein Hotel!“ Und weil sie gerade vor dem Hotel *Zum Goldenen Gänserich* standen, pochte das Josefsbärchen an die Tür.

Aber: „Nein, tut mir leid, da hättet ihr euch eher melden müssen“, sagte der Wirt. „Wir sind voll bis unter die Dachrinne. Aber geht mal die Straße ein bisschen weiter, da ist das Hotel *Zum Silbernen Knopfloch*, vielleicht haben die noch Platz.“

Und so klopfte das Josefsbärchen am Hotel *Zum Silbernen Knopfloch*. Aber auch da waren alle Zimmer belegt. Sogar auf dem Flur hatten einige Bärchen ihre Luftmatratzen aufgeblasen, um zu schlafen.

„Versucht es um die Ecke, da ist das Hotel *Zum Eisernen Gustav*", sagte ein Bärchen, das gerade vorbeiging. Aber als das Josefsbärchen endlich das Hotel *Zum Eisernen Gustav* gefunden hatte, war die Tür abgeschlossen und ein Zettel hing draußen dran: „Knüppeldickevoll".

Das war ja was! Und nun wurde es allmählich schon Abend! Das Josefsbärchen klopfte beim Hotel *Zum Schimmeligen Weinfass* und beim Gasthaus *Zum Rostfraß* und beim Wirtshaus *Zum Spucknapf.* Das Marienbärchen seufzte. Der Esel schnaufte. Überall waren die Zimmer belegt und die Bärchen schliefen auf den Gängen, in den Besenkammern und in den Wirtsstuben unterm Tisch, so voll war die Stadt wegen der allgemeinen Bärchenzählung. Es war einfach kein Platz.

„Josef, lieber Josef mein“, seufzte das Marienbärchen.

„Mein liebes Marienbärchen“, sagte das Josefsbärchen und strich seinen Bart. „Wenn wir fest daran glauben, richtig fest glauben, dann finden wir noch etwas!“

Der Esel dachte: Mit dem Glauben, das ist ja ganz schön, aber die hätten lieber vorbestellen sollen. Denn inzwischen war es dunkel geworden und kalt, und sie waren durch die ganze Stadt gelaufen und kamen schon am anderen Ende wieder heraus.

Aber da, gleich hinterm Stadttor, da war noch ein Wirtshaus, das hatte überhaupt keinen Namen, und der Wirt stand vor der Tür und sah in den Himmel.

„Haben Sie noch ein Zimmer frei?“, fragte das Josefsbärchen.

„Heh, seht mal in den Himmel!“, ant-

wortete der Wirt. „Den Stern da, kennt ihr den? Der war doch gestern noch nicht da! Den habe ich ja noch nie gesehen. Das ist vielleicht seltsam!“

„Haben Sie noch ein Zimmer frei?“, fragte das Josefsbärchen wieder. „Es kann auch eine Abstellkammer sein.“

„Nein“, sagte der Wirt. „Wir sind voll bis oben hin. Ihr findet in der ganzen Stadt nichts.“

„Meine Frau ist schwanger“, sagte das Josefsbärchen. „Sie wird heute nacht ein Kindlein gebären.“

„Na, da kann man nur gratulieren“, sagte der Wirt und kratzte sich am Kinn.

„Aber wo sollen wir denn hin?“, fragte das Marienbärchen.

„Also gut, passt auf. Aber nur, weil ihr es seid. Und weil dieser neue Stern da leuch-

tet“, sagte der Wirt. „Ich verrate euch was: Wenn ihr etwas weiter wandert, da oben auf dem Hügel, da habe ich einen Stall. Da steht ein Ochse drin. Und da könnt ihr übernachten. Im warmen Stroh. Und euern Esel, den könnt ihr da auch unterstellen. Nur verratet niemandem, und vor allem nicht dem grimmigen alten Herrscherbären, dass ich so nett zu euch war.“

„Oh, vielen Dank, Herr Wirt“, sagte das Josefsbärchen. „Danke“, hauchte das Marienbärchen. Und der Esel schnaufte und freute sich auf das Stroh und auf den Ochsen, mit dem er vielleicht Schwanzwedeln und Nasereiben spielen könnte.

Ja, und so kamen sie zu dem Stall. Der stand genau da, wo am Himmel der neue Stern leuchtete. Das war ein Stern mit einem langen schimmernden Schweif, der

die Nacht in zwei Hälften teilte und sichtbar war bis in die fernsten Fernen.

Sie klopften an. Und als sie keine Antwort hörten, öffneten sie vorsichtig die Stalltür. Tatsächlich, da stand ein Ochse. Und dieser Ochse war ein bisschen überrascht. Er hatte gerade eine dreifache Portion Heu aus der Futterkrippe verschlungen und war pappsatt und wollte gerade rülpsen und sich gemütlich schlafen legen. Na, und nun standen da also ein hochschwangeres Marienbärchen und ein bärtiges Josefsbärchen und ein grauhaariger Esel in der Tür.

„Tja, irgendwie habe ich geahnt, dass heute was Besonderes los ist", sagte der Ochse. „Also gut, dann rein mit euch. Geheizt habe ich zwar nicht. Aber ich kann euch etwas Wärme schnauben. Und es ist auch noch Heu da, falls ihr was essen wollt."

Er rückte ein bisschen zur Seite. Und zu dem Esel sagte er: „Ich hoffe, du kannst Schwanzwedeln und Nasereiben spielen?" Und der Esel nickte und freute sich.

Das Josefsbärchen bedankte sich höflich und baute ein Lager aus Stroh und nahm die Häkeldecke und machte die Futterkrippe zum Kinderbettchen. Und das Marienbärchen sagte: „Josefsbärchen, ich glaube, es ist so weit."

Aber nicht weit entfernt waren um diese Zeit noch ein paar Hirtenbärchen auf der Weide. Die hatten den ganzen Tag ihre Schafe gehütet. Das war ziemlich anstrengend gewesen, weil die Schafe so frech gewesen waren und immer „Mäh" gerufen hatten und „Bäh" und eines sogar „Buh". Aber nun, am Abend, waren alle Schafe heiser und sagten nichts mehr, sondern klappten nur noch stumm das Maul auf und wollten noch einmal gestreichelt werden, dann konnten die Hirtenbärchen schlafen gehen.

„Oh, bin ich müde!“, seufzte ein Hirtenbärchen und gähnte. „Schöne Träume wünsche ich euch, Freunde! Aber sagt mal, dämmert da etwa schon der Morgen? Heh, wird es etwa schon wieder Tag? Das kann doch nicht wahr sein! Seht doch mal nach der Sonnenuhr!“

„Unsere Sonnenuhr ist stehen geblieben“, sagte ein anderes Hirtenbärchen. „Aber du hast Recht, ich kann's auch kaum glauben, es wird schon wieder hell!“

„Nein, schaut mal!“, rief das dritte. „Das ist nicht der Morgen. Da – da – da müsst ihr hinsehen!“

Und es zeigte über die Wiese und über

den Zaun und die Felder und den kleinen Bach und wies genau dorthin, wo auf einem Hügel der Stall stand. Und tatsächlich, da leuchtete es. Aus dem Stall heraus leuchtete es, und um den Stall herum leuchtete es. Und über dem Stall stand der Stern mit dem Schweif und strahlte viel heller als noch ein paar Stunden zuvor, fast so gleißend wie die Sonne. So hell jedenfalls, dass die Hirtenbärchen sich die Augen reiben mussten. Und die Schafe wunderten sich und blinzelten und konnten nicht mal mehr „Mäh" sagen.

Da rauschte es plötzlich in der Luft wie von gewaltigen Schwingen.

„Achtung, es kommt was von oben!", rief das erste Hirtenbärchen.

„Ein Engelbärchen!", rief das zweite. „Mit Flügeln und einem Heiligenschein!"

„Fürchtet euch nicht!“, sagte das Engelbärchen und landete etwas ungeschickt, so dass es stolpern musste und die Schafe erschrocken auseinander sprangen.

„Wir fürchten uns nicht, wir staunen nur“, sagte das erste Hirtenbärchen.

„Weil wir nämlich gerade schlafen gehen wollten“, sagte das zweite.

„Aber wenn ihr im Himmel das Licht anknipst, dann geht das nicht!“, sagte das dritte.

„Heute lohnt es sich, wach zu bleiben“, sagte das Engelbärchen feierlich. „Denn vom Himmel hoch, da komme ich her, und ich bring euch gute, neue Mär. Der guten Mär bring ich so viel, davon ich singen und sagen will.“

„Na, dann sag doch!“, riefen die Hirtenbärchen.

„Ich verkündige euch große Freud", sagte das Engelbärchen.

„Freud? Worüber denn?", fragten die Hirtenbärchen.

„Heute ist ein göttliches Bärchenkind geboren worden", antwortete das Engelbärchen stolz. „Ein Gummibärchen so zart und fein, das wird der König aller Bärchen sein!"

„Welche Farbe?", fragten die Hirtenbärchen, und das war eigentlich ein bisschen frech. Deshalb räusperte sich der Engel nur vornehm und sagte dann: „Ehre sei Gott in der Höhe und Friede auf Erden und allen Bärchen ein Wohlgefallen. Und dies habt zum Zeichen: Ihr werdet finden das Bärchen in Windeln gewickelt und in einer Krippe liegen."

„Doch nicht etwa da vorn in dem Ochsenstall?" fragten die Hirten.

„Ganz genau da!", sagte das Engelbärchen. Und stieß sich vom Boden ab und flog flügelklatschend davon.

„Ja, dann nichts wie hin!", riefen die Bärchen. „Kommet ihr Hirten, springt übern Zaun, laufet das göttliche Bärchen zu schaun!"

Und sie liefen los, und die Schafe stolperten hinter ihnen her, und alles rannte und sprang und hüpfte und kullerte, über die Weide und über den Zaun, durch das Gatter, den Hügel hinab und über die kleine Brücke am Bach und drüben die Wiese hinauf, bis sie an den Stall gekommen waren, über dem der Stern strahlte. Da mussten sie erstmal verschnaufen, und die Schafe japsten ganz außer Atem.

Die Tür des Stalles war nur angelehnt.

Und durch den Spalt drang aus dem Inneren ein Licht, so wunderbar, dass die Hirtenbärchen ganz sicher waren: Hier muss es sein. Und sie strichen sich die Haare glatt und bürsteten sich das Gras von den Mänteln und putzten die Schuhe ab und kämmten die Schafe schnell noch mal über.

Gerade wollten sie anklopfen, da hörten sie von drinnen aus dem Stall eine Stimme. Das war die Stimme des Marienbärchens. Und das Marienbärchen sang: „Josef, lieber Josef mein, hilf mir doch wiegen mein Kindelein!“ Und darauf hörten sie eine tiefe Brummelstimme, das musste die Stimme des Josefsbärchens sein, das konnte nicht richtig singen, aber es gab trotzdem sein Allerbestes und brummelte also: „Lieb Marienbärchen mein, gern helf ich dir wiegen dein Kindelein! Alle Bärchen werden glücklich sein!“

Und dazu hörten die Hirten einen Ochsen schnauben und einen Esel hüsteln, und dann hörten sie ein helles kleines Lachen, das fröhliche Lachen eines kleinen rosigen Bärchenkindes.

Und da klopften sie. Und öffneten die Tür. Ganz leise. Ganz vorsichtig. Und spähten hinein in den Stall. „Oooh!“, wollten die Hirtenbärchen sagen, aber sie sperrten nur tonlos den Mund auf und waren vor Staunen ebenso stumm wie ihre Schafe.

Und genau um diese Zeit, als das Marienbärchen sang und das Josefsbärchen brummelte, als der Ochse freundlich schnaubte und der Esel vor Rührung hüstelte, als das neugeborene Bärchenkind lachte und in die Hände klatschte, während die Hirten und die Schafe stumm staunten unter dem Stern

über dem Hügel, genau um diese Zeit waren auch drei sehr kluge und hochweise Bärchen zum Stall unterwegs.

Das waren die berühmten Bärchen aus dem Morgenlande. Die heiligen drei Weisheitsbärchen. So nannten sie sich, denn sie konnten lesen und schreiben und hatten ausgerechnet, wie viele Bärchen es auf der Welt gab und wie viele Sternlein am Himmel standen. Aber diese drei Weisheitsbärchen hatten noch nie den sonderbaren Stern gesehen, der jetzt alles überstrahlte.

Verwundert hatten sie ihn beobachtet, wie er aufgestiegen war mit seinem Kometenschweif über der Wüste und den Palmen am Horizont. Und da hatten die Drei sich angesehen und hatten genickt und gewusst: Dieser neue Stern zeigt die Geburt eines neuen Königs an. Eines fröhlichen Königs,

eines lustigen Königs. Es musste der größte König aller Bärchen sein.

Und da hatten die drei Weisheitsbärchen sich aufgemacht, um das neugeborene Königsbärchen zu suchen und ihm Geschenke zu bringen, Lebkuchen zum Beispiel und ein Quietscheentchen und Luftballons. Sie waren losgezogen mit ihren Kamelen und ihrem Gepäck und mit drei großen Flaschen Apfelsaft, denn sie mussten durch die Wüste reisen, wo man durstig wird und wo der Sand einem an der Haut kleben bleibt, besonders wenn man ein Gummibärchen ist.

Und gerade, als die Hirten vorsichtig in den Stall traten, auf Zehenspitzen, weil sie das Kind nicht erschrecken wollten, und als die Schafe hinter den Hirten her drängten, weil die Schafe auch mal ein Bärchenkind in einer Krippe sehen wollten, und als es

langsam ziemlich voll wurde im Stall, genau zu dieser Zeit erreichten die drei Weisheitsbärchen die Stadt des grimmigen Herrscherbären.

Und während im Stall die Hirten staunten und die Schafe zart blökten, und während das Marienbärchen sang und das Josefsbärchen brummelte und der Ochse im Takt schnaubte und der Esel den Rhythmus klopfte, und während das neugeborene Bärchenkind lachte, weil alles so lustig klang, und während sich über dem Stall ein Chor von Engelbärchen versammelte, mit Engeln aus allen Gegenden des Himmels, genau zu dieser Zeit klopften die heiligen drei Weisheitsbärchen am Tor des Königspalastes. Denn sie dachten: Wenn ein neues göttliches Königskind geboren worden ist, dann kann das ja nur im Königspalast sein!

Doch das war ein Irrtum. Im Königspalast wohnte nur der grimmige alte Herrscherbär, der es gar nicht gut meinte mit den vielen bunten Bärchen im weiten Land. Und dieser Herrscherbär setzte jetzt seine große Schlechte–Laune–Krone auf und kam an die Tür.

„Was soll das Gehämmer?", meckerte er. Und als er die Karawane sah, beladen mit Körben, Kisten und Apfelsaftflaschen und bunten Teppichen und Luftballons, knurrte er: „Ich habe nichts. Ich brauche nichts. Ich kaufe nichts."

Und er wollte schon die Tür zuknallen, als die drei Weisheitsbärchen sich höflich verneigten und sagten: „Herzlichen Glückwunsch, ehrwürdiger Herrscherbär!"

„Glückwunsch wozu?", knurrte der Herrscherbär misstrauisch.

„Zu deinem neugeborenen göttlichen Sohn!", sagten die Drei und verneigten sich wieder.

Doch der grimmige alte Herrscherbär hatte überhaupt keine Kinder, und schon gar keine neugeborenen. Seine erste Frau war weggelaufen vor seinem Gemecker, die zweite war zu ihrer Mutter zurückgezogen, und die dritte war gar nicht erst zur Hochzeit erschienen. Er war ganz allein in seinem Meckerpalast und konnte nur immer seine Soldaten oder sein Spiegelbild anknurren.

Aber nun bat er die drei Weisheitsbärchen herein in sein Thronzimmer und setzte sich so königlich wie möglich auf seinen Thron. „Habe ich das richtig verstanden?", sagte er und kniff die Augen zusammen. „Ihr gratuliert mir zu einem neugeborenen Sohn?"

„Ja, und wir bringen Geschenke!", riefen die drei Weisheitsbärchen. „Lebkuchen und ein Quietscheentchen und Luftballons. Bitte lasst uns das göttlichen Bärchen schauen! Das kleine Bärchen so zart und fein, das soll doch der König aller Bärchen sein!"

„Ach – das soll der König aller Bärchen sein?", wiederholte der Herrscherbär eifersüchtig. „Hmm. Hmm. Also, hier – hier ist es nicht."

„Aber wo denn dann? Wo ist es? Wir müssen es finden!", riefen die heiligen Drei.

„Ja, ja, richtig, ihr müsst es finden!", sagte der Herrscherbär listig. „Sucht und findet es für mich! Und wenn ihr es gefunden habt, ihr klugen Drei, dann kommt gleich zurück zu mir. Und erzählt mir genau, wo sich dieses neue Bärchen versteckt. Denn wenn es so ein göttliches Königskind ist,

dann möchte ich ihm auch etwas Tolles schenken." In Wahrheit aber dachte er sich: „Wehe dem Kleinen! Ich bin der König, ich allein, und keiner soll mir in die Quere kommen. Das Bärchen wird gefangen und in Wasser aufgelöst!"

Das ahnten die drei Weisheitsbärchen natürlich nicht. Und sie gingen das Königskind suchen.

Um diese Zeit hatte sich über dem Stall schon der Chor der Engelbärchen aufgestellt, mitten in der Luft. Denn Engelbärchen können in der Luft stehen, sie brauchen nicht mal eine Wolke, und können dabei auch noch singen. Sie brauchen nur sachte mit den Flügeln zu schlagen. Das klingt dann, wie wenn Blätter am Baum rascheln. Und genau so klang es jetzt überm Stall.

Ja, und dann fingen die versammelten Engelbärchen an zu singen, im Chor. Sie hatten ganz schnell drei Weihnachtslieder eingeübt, „Oh du fröhliche" und „Ihr Kinderlein kommet" und „Stille Nacht". Und das sangen sie jetzt, und die, die nicht so gut singen konnten, mussten ganz hinten stehen.

Unten im Stall aber sang das Marienbärchen, und das Josefsbärchen brummelte, der Ochse schnaubte, der Esel klopfte den Rhythmus, die Hirten schwenkten ihre Rasseln, die Schafe blökten leise, und das neugeborene königliche Bärchenkind lachte und klatschte in die Hände, weil alles immer lustiger klang. Und nun wurde es langsam Zeit, dass auch die heiligen drei Weisheitsbärchen eintrafen.

Die hatten inzwischen in der Stadt herum gefragt, im Hotel *Zum Silbernen Knopfloch* und im Gasthaus *Zum Rostfraß* und beim Wirtshaus *Zum Spucknapf*. Nirgends war ein Kindlein geboren worden. Keiner wusste was. Erst am Schluss, vor einem Wirtshaus ohne Namen am Stadttor, da stand ein Wirt, der sah in den Himmel und kratzte sich am Kinn, ja, und der erinnerte sich an das schwangere Marienbärchen und an das bärtige Josefsbärchen und an den Esel und dass er sie alle weitergeschickt hatte zum Stall mit dem Ochsen.

„Ja, ja, ja!“, sagte er. „Da hinten müssen sie sein! Wo es so hell ist! Da wo der Stern hin zeigt! Auf dem Hügel! Auf der Wiese! Im Stall!“

Und dahin eilten die heiligen Drei mit ihren Kamelen. Eigentlich war es ja Nacht, aber es war ganz hell. Der Stern stand am

Himmel, und die Engelbärchen trugen Kerzen, und der Stall leuchtete von selbst. Und die drei Weisheitsbärchen wunderten sich über die vielen Schafe, die um den Stall herum standen und durch die Tür staunten. Zum Glück waren die Kamele groß genug, dass sie auch noch was sehen konnten. Aber die heiligen Drei stiegen ab und holten ihre Geschenke.

„Ich habe dir Lebkuchen mitgebracht", sagte das erste Weisheitsbärchen. „Leider ist er inzwischen doch etwas hart geworden, aber du hast ja sowieso noch keine Zähne, da kannst du ihn lutschen, oder wenn du dazu keine Lust hast, kannst du ihn an die Krippe kleben, dann sieht sie aus wie ein Lebkuchenhaus." – „Ich bringe dir ein Quietscheentchen", sagte das zweite Weis-

heitsbärchen. „Eigentlich dachte ich, für deine Badewanne, aber weil du keine hast, kannst du damit auch in der Krippe spielen, und wenn du drauf drückst, quietscht es und freut sich und bestimmt haben Maria und Josef auch Spaß daran." – „Und ich habe dir bunte Luftballons mitgebracht", sagte das dritte Weisheitsbärchen. „Die kannst du aufblasen und wegfliegen lassen, aber wenn du Lust hast, können wir auch reinpieken, dann knallt es."

Das fand das Bärchenkind in der Krippe noch lustiger als alles andere zuvor, und es lachte noch mehr und klatschte noch fröhlicher in die Hände. Und jetzt mussten alle laut lachen, so lustig war es. Der Esel lachte, der Ochse lachte, die Schafe und die Hirten lachten, die Kamele wieherten vor Lachen, und sogar die Engel über dem Stall

konnten kaum weitersingen und prusteten los vor Vergnügen, und alle klatschten in die Hände und freuten sich.

Und jetzt tanzten auch die Wolken, die Sterne kicherten, der Wind machte Witze, das Gras bog sich, und vor dem Wirtshaus ohne Namen musste plötzlich der Wirt anfangen zu lachen, er wusste gar nicht weshalb, aber alles war auf einmal so hell und so freundlich. Und da fingen auch die Wächter am Tor an zu lachen, und die Bärchen in den Straßen mussten lachen, es ging gar nicht anders, die Bärchen in den Wirtshäusern lachten und die am Brunnen und die auf dem Markt und im Spielzeugladen und in den Häusern und auf dem Minigolfplatz. Alle lachten und klatschten in die Hände, weil alles auf einmal so leicht und so lustig war.

Sogar die Soldaten des Herrscherbären im Meckerpalast begannen zu kichern und Späße zu machen und bekamen Lust, im Meckerpalast zu feiern. Deshalb liefen sie zum Schlafzimmer des Herrscherbären. Der lag mit dick Watte in den Ohren im Bett und hatte rabenschwarze Träume und meckerte im Schlaf vor sich hin. Sie konnten ihn kaum wachrütteln, so sehr mussten sie lachen.

Naja, und als sie ihn endlich wachgerüttelt hatten und ihm auf die Schulter schlugen vor Vergnügen und als sie ihm in die Seite stießen, weil sie alles so fröhlich und lustig fanden, und als sie sagten: „Komm, Alter, lass uns feiern!", da wusste der grimmige Herrscherbär, dass das neugeborene Königsbärchen alle Bärchen froh gestimmt hatte für alle Zeit. Und er wusste, dass für ihn nichts mehr zu machen war.

Deshalb hat er seine Soldaten feiern lassen und hat seinen Koffer genommen mit den extrastarken Schlechte–Laune–Pillen und ist nach Timbuktu gefahren, wo es einen Zoo gibt nur für Meckertiere. Da wohnt der Herrscherbär jetzt in einem extra für ihn gebauten Schimpf- und Ärgerkäfig. Und wer will, kann hinreisen und ihn meckern sehen.

Aber die bunten Bärchen aller Länder, die sind seither frei und unsterblich und kichern und lachen und verbreiten Freude und gute Laune, wo immer sie hinkommen. Und ich sage euch, sie kommen ziemlich weit rum.

Meckerbär